AF262522

REQUISITOIRE

DU PROCUREUR DU ROI

ET DE LA VILLE DE PARIS,

ET ARRÊTÉ

DE MESSIEURS

LES PREVÔT DES MARCHANDS,

ÉCHEVINS, CONSEILLERS

ET QUARTINIERS DE LADITE VILLE.

A PARIS,

De l'Imprimerie de Lottin *l'aîné*, & Lottin *de* S.-Germain,
Imprimeurs-Libraires Ordinaires de la Ville,
rue Saint-André-des-Arcs, N° 27.

M. DCC. LXXXIX.

REQUISITOIRE

DU PROCUREUR DU ROI

ET DE LA VILLE DE PARIS,

ET ARRETÉ

de MM. les Prevôt des Marchands, Echevins, Conseillers & Quartiniers de ladite Ville, au sujet d'un Imprimé ayant pour titre :

MÉMOIRE & CONSULTATION,

SUR LA QUESTION SUIVANTE :

Quels sont les moyens que doivent employer les Habitans de Paris, pour obtenir de nommer eux-mêmes leurs Représentans aux prochains Etats-Généraux, & n'en pas laisser la nomination aux Officiers de l'Hôtel-de-Ville, & à un petit nombre de Notables, que les Officiers de l'Hôtel-de-Ville sont dans l'usage de s'associer arbitrairement dans cette fonction ?

Céjourd'hui Mardi 30 Décembre 1788, Nous Prevôt des Marchands, Eche-vins, Conseillers & Quartiniers de la Ville de Paris, étant assemblés à l'Hôtel-de-Ville, à cinq heures de relevée, dans

A 2

la Salle dite *de la Reine*, pour les difpofitions accoutumées, & relatives au remplace-
ment des Echevins, le fcrutin étant terminé,
Me Dominique-Louis ETHIS DE CORNY,
Avocat & Procureur du Roi & de la Ville
de Paris, s'eft levé & a dit :

MESSIEURS,

PUISQUE les difpofitions ordinaires qui font
relatives à l'Echevinage prochain, raffemblent
& réuniffent aujourd'hui tous les Membrés
qui compofent le Corps de Ville, Nous avons
l'honneur de vous demander que la Séance
fe termine par l'examen d'un *Mémoire à
Confulter, imprimé*, qui commence à fe répandre dans la Capitale ; & Nous requérons
que cet examen foit fuivi du choix des me-
fures que vous jugerez convenables d'arrêter
fur cet objet.

CENT-HUIT habitans de la Ville de Paris
ont figné ce Mémoire. Ils demandent confeil

fur la conduite qu'ils ont à tenir, relativement à la prochaine nomination des Députés au Etats-Généraux.

Ils expofent qu'aux dernières convocations, les Repréfentans, nommés par cette Capitale, l'ont été, non par des Electeurs que les habitans de la Ville euffent choifis, mais par les feuls Officiers Municipaux, affiftés des Notables qu'ils avaient jugé à propos d'appeller à leur Affemblée, de forte que la Ville de Paris n'a pas été *réellement repréfentée*, & qu'on ne lui a donné qu'un petit nombre de Députés infiniment difproportionné à fon étendue, à fa population, à fa richeffe.

Ils obfervent que cet abus contrarie le plan général de Députation, & ils prient leurs Confeils de leur indiquer les moyens légitimes qu'ils peuvent employer pour rentrer dans l'exercice du droit d'une jufte & libre Repréfentation.

La fignature de la Confultation offre des

noms célébres dont le Barreau s'honore ; Ju-
rifconfultes , Publiciftes , Littérateurs , tous
font amis de la Raifon, de la Juftice & de
l'Humanité ; la lumière marche avec eux, la
confiance les fuit, la vénération & les vœux
des Citoyens les accompagnent.

EMPLOYONS donc avec le même élan
de l'ame , les expreffions de l'un d'eux : *Oui*,
nous fommes tous d'accord dès qu'il ne s'agit
que d'expliquer les opinions & les volontés ; les
apparences de divifion ne font que dans les
fentimens vagues , confus , indéterminés. . . . Il
ne faut que s'entendre. Répétons auffi de
concert : *Anathême à qui fouflerait l'efprit*
de difcorde , à qui oferait tenter de porter le
trouble dans la grande famille dont l'augufte
chef adopte le titre de père commun ; fer-
rons les liens de cette fraternité ; formons de
tous les Ordres une union facrée, qui n'offrant
de différence que la diftinction des rangs,
faffe confpirer l'unanimité des efforts , des
opinions, du dévouement, au bonheur de tous,

à la profpérité publique, à la gloire de l'Empire, du Monarque & du NOM FRANÇAIS.

APRÈS cette profeffion de foi, difons-le, Meffieurs; fi vos principes, fi votre amour pour l'ordre & pour le bien, font connus comme ils méritent de l'être, & comme les derniers mots de la Confultation nous permettent de le penfer; les Confultans & les Confultés auraient pu s'épargner l'appareil d'un Mémoire foumis à celui d'une délibération publique.

DÈS qu'ils veulent bien préfumer que, loin d'avoir à craindre de l'oppofition dans le Corps Municipal, ils auraient trouvé un concours de volontés pour provoquer la réforme d'un ufage abufif; dès qu'ils accordent des fuffrages au zéle, au patriotifme qui caractérifent votre adminiftration, que ne vous ont-ils demandé, comme ils le difent, *l'explication de vos opinions & de vos volontés ?*

Vous leur auriez dit : « Notre réponfe eft

fous vos yeux, » vous l'avez préparée ; » *les prétentions font peu de chofe auprès des droits de l'Humanité ; les priviléges font petits auprès du bonheur général ; la gloire de concourir à la félicité publique eft fupérieure à de vaines prérogatives dont on fent déjà la néceffité de faire le facrifice.*

ET ils auraient fçu que le vôtre était fait.

ILS n'auraient donc laiffé ni imprimer ni diftribuer un Mémoire qui devient inutile par le fait, & que les mal-intentionnés pourraient prendre pour un cri d'infurrection dans la bouche de ceux qui appellent & proclament la paix.

NOUS ne reléverons pas, Meffieurs, l'intention de la tranfcription de la partie du Procès-verbal de 1560, faite dans la Confultation, page 12. L'affectation de citer le *train honnête* & *le miroir* (1) paraît déplacée dans

---

Extrait de la Confultation (page 12).

Paris n'eut , en 1560 , qu'un feul Député pour fon Tiers-

la rédaction d'un Mémoire auſſi grave & auſſi important.

Etat. Ce fut le Prevôt des Marchands, à qui, à la vérité, on donna le droit d'en élire un autre parmi les Echevins; & on leur nomma pour *être préſens aux Etats , & leur tenir Compagnie* (nous copions ici le Procès - verbal de 1560). *Un Conſeiller de Ville , le Procureur du Roi & de la Ville , & un Bourgeois appellé* Claude-Marcel *; & iront, porte cet acte , honorablement avec compagnie & train honnête , comme il appartient à la Ville Capitale la plus excellente & renommée de ce Royaume , & laquelle eſt le miroir & exemple de toutes les autres.*

D'abord l'expreſſion du *miroir* eſt dans la Lettre de Henri III. Les leçons de ſtyle ſont perdues pour les ſiécles qui ne ſont plus, mais au moins les préceptes de goût peuvent être mis à profit par les Contemporains.

D'ailleurs on doit être parfaitement diſpoſé à l'indulgence, pour les rédactions faites dans les Greffes au commencement du ſiécle dernier, lorſqu'on a ſous les yeux les productions bizarres de la Chaire & *du Barreau*, à cette époque ; lorſqu'on lit les Diſcours des Marquemont, des Roncherolles, à l'ouverture des Etats de 1614, ceux du Chancelier, même du célébre Cardinal, à l'aſſemblée des Notables de 1627 ; ces déclamations, dans leſquelles l'ignorance, la ſervitude ultramontaine, & le plus groſſier artifice, faiſaient gémir la raiſon , toutes ces œuvres inſipides, amoncelées juſqu'au dégout dans cette double circonſtance & bien bonnes à oublier dans celle-ci.

Remarquer ſévèrement le *train honnête* & *le miroir*, n'eſt-ce pas rappeler le

Dat veniam Corvis, vexat Cenſura Columbas.

Passons à un examen plus utile & plus digne des circonstances.

On invoque unanimement de toutes parts des formes constitutionnelles. Pour que des formes soient constitutionnelles, pour leur imprimer ce caractère, ne sçait-on pas qu'il faut les rendre nationnales? Or les formes ne seront vraiment nationales qu'autant qu'elles procureront *complétement* la réunion de ceux qui doivent élire, la plénitude de l'exercice de ce droit, les proportions convenables sous tous les rapports, en un mot, qu'autant que les opérations & les résultats arbitraires seront évités & proscrits.

D'après ces principes, on n'a pas du craindre que MM. les Prevôt des Marchands, Echevins & Conseillers de Ville missent en délibération, à cette époque, comme ils firent le 17 Juin 1614 : *Si on laissera à la liberté des Quartiniers d'appeller les personnes de leur quartier, telles que bon leur semblerait pour venir à l'assemblée générale, ou si on leur*

(11)

*ordonnerait d'appeller & faire assemblée par-
ticulière en leurs maisons, de leurs Cinquanteniers, Dixainiers, & douze ou vingt des
plus notables Bourgeois de leur quartier, lesquels éliraient entr'eux les députés des assemblées générales* ». A plus forte raison, on a dû
se persuader que le Corps-de-Ville étoit également disposé à ne pas *arrêter que les Quartiniers choisiraient eux - mêmes, à leur gré,
les plus notables Bourgeois pour l'Assemblée
générale.*

ON ne peut plus feindre d'ignorer que
toute députation doit être le résultat de la
volonté parfaitement libre de ceux qui dépu-
tent, & que l'universalité des Citoyens peut
seule exercer le droit de voter pour le choix
des Electeurs qui doivent nommer leurs représentans.

OR il est bien évident que, le 17 Juin 1614,
ni la Commune, ni l'universalité des Citoyens qui la composent, n'eurent point de

part au choix des Electeurs, par conséquent à celui des Elus, puisque la nomination des premiers fut livrée absolument au choix & à l'adoption arbitraire des Quartiniers. On juge que nommant eux-mêmes les Electeurs, ils purent se rendre maîtres de leurs suffrages, leur imposer, pour prix de cette nomination, la condition de donner à leur tour leurs voix à tel ou tel Représentant qu'ils leur désignaient; en sorte que, de cette influence & de sa réaction, on priva peut-être de spontanéité, de liberté, de volonté, & par conséquent de caractère & de légalité, la nomination des uns & des autres. Mais loin d'eux ce soupçon. Ils ne méritent aujourd'hui que des éloges.

Les recherches faites pour l'exécution de l'art. I. de l'Arrêt du Conseil du 5 Juillet dernier, nous ont conduit à la lecture du Mandement du 7 Juin 1614; ainsi donc, sans avoir eu besoin d'aucune impulsion que de celle de la justice & de la convenance, les réflexions que nous venons de rapeller, la

détermination intérieure qui en a été le résultat, ont précédé de plusieurs mois la publicité de la même remarque, consignée
dans un Ouvrage, intitulé ; « *les Etats-Généraux, convoqués par Louis XVI, pag.* 70.

Avec une opinion chancelante, de l'incertitude, de la pusillanimité, on pourrait se
prévaloir de cet Ecrit, de la nécessité de
plier, de suivre le torrent, pour n'avoir pas
l'air d'être entraîné ; & c'est ainsi qu'on excu-
serait ses dispositions personnelles, si l'on sup-
posait qu'elles ne fussent pas de l'avis de tout
le monde.

On peut répandre du miel sur les bords du
vase pour dissimuler l'amertume du breuvage
salutaire, mais la Vérité est une, il faut la
dire, sans adoucissement. Dès que le mode
adopté dans la délibération du 17 Juin 1614,
était évidemment défectueux & irrégulier ;
dès qu'il est manifeste qu'il exciterait aujour-
d'hui le mécontentement, peut être l'indigna-
tion, il ne peut y avoir de motif pour oser

tenter de le défendre , de s'expofer au double défavantage d'abandonner cette entreprife , & de dégrader fans retour le caractère populaire qui tient indivifiblement à l'effence de la Magiftrature municipale.

Nous n'avons mis à cette opinion invariable, ni myftère , ni publicité ; notre intention n'était pas de provoquer la furprife par une explofion inattendue. Nous avons défiré qu'il ne s'élevât aucun prétexte pour difputer dans cette circonftance aux Officiers du Corps de Ville leurs fonctions les plus intéreffantes. Nous avons penfé que notre prévoyance & nos vœux préviendraient toute efpèce de fubverfion des inftitutions primitives , toute fpoliation des droits & des priviléges de la Commune & de la Municipalité , & que nous écarterions ainfi tout projet d'attenter fur la confiance & la confidération qu'il eft important de maintenir pour le fervice du Roi & pour nous-mêmes.

C'est ici qu'il faut rendre hommage à la Vérité. MM. les Quartiniers ont apprécié , ainfi

(15)

que nous, le paſſé, le préſent & l'avenir. Ceux d'entr'eux qu'ils ont chargés d'en conférer avec nous, nous ont déclaré qu'ils souſcrivaient avec empreſſement à l'évidence du vœu & de l'opinion générale, par le ſacrifice de toute miſſion ſemblable à celle qui leur fut donnée dans la délibération du 17 Juin 1614 ; que ſans doute des arrêtés ultérieurs ne contiendraient pas des diſpoſitions pareilles, pour la prochaine convocation ; en tout cas, qu'ils étaient bien éloignés de s'expoſer à compromettre la Magiſtrature municipale, en réclamant des formes dont les circonſtances actuelles ont fait connaître l'imperfection & l'inſuffiſance.

CE dévouement, Meſſieurs, n'a pu être ignoré, & il ne l'a pas été.

DÈS-LORS, quel peut être le but du Mémoire & de la Conſultation ?

M. LE PREVÔT de Paris, M. le Lieutenant-Civil ſemblent vouloir s'en aider & les faire fervir de prétexte pour faire revivre leurs prétentions fur la convocation *des Habitans de la Ville & des Fauxbourgs de Paris*, malgré l'ufage, la poffeffion & les titres qui maintiennent MM. les Prevôt des Marchands & Echevins dans le droit de la faire eux-mêmes, *exclufivement au Prevôt de Paris & à fes Repréfentans.*

Il réfulte des Lettres du Roi du 8 Octobre 1560, au Prevôt de Paris, du 30 du même mois, tant au Prevôt des Marchands & Echevins, qu'au Prevôt de Paris, de celles du 12 Septembre 1576, 9 Juin 1614, 17 Mars 1651 (1) & de l'Arrêt du Confeil du 4 Septembre de la même année, que fucceffivement les Souverains, à l'exemple des Rois, leurs prédéceffeurs, « & pour la dignité & excellence (2)

____

(1) Toutes ces Piéces font relatées pages 218, 219, 221, 227, 232 & 236, du vol. des Pieces juficatives, faifant fuite à l'Ouvrage intitulé : « Forme générale & particulière des Etats-Généraux » à l'exception de celle du 17 Mars 1651 qui y eft omife, & qui eft originale au Greffe de la Ville.

(2) On voit même que, dans la teneur de ces Lettres,

de

» de leur bonne Ville de Paris, ont voulu con-
» stamment qu'elle fît, de son chef, aux Etats-
» Généraux, *un Corps à part d'avec le reste de*
» *la Prevôté de Paris*, ainsi qu'il a toujours été
» fait ; qu'ils ont ordonné expressément que la
» convocation des Habitans de la ville & faux-
» bourgs de Paris, ne serait faite que par les
» Prevôt des Marchands & Echevins ; que le
» Prevôt de Paris *s'abstiendrait* de cette convo-
» cation, ne s'y *immiscerait pas*, & bornerait
» la sienne aux Habitans de la *Prevôté & Vi-*
» *comté* ; que les Habitans de leur bonne Ville
» de Paris & de ses Fauxbourgs ne seraient tenus
» aucunement de comparoir en la convocation

---

il est exprimé « que S. M. désirant conserver en toutes
choses » les Priviléges dont le Corps Municipal, les Manans
» & Habitans de Paris ont toujours accoutumé de jouir,
» étant d'ailleurs bien raisonnable que ladite Ville, qui est
» capitale du Royaume, & qui a toujours servi de Patron
» & de miroir d'obéissance à toutes les autres Villes d'ice-
» lui, soit décorée de quelques Priviléges par dessus toutes
» les autres ; Elle les *maintient* spécialement & positivement
» dans celui dont il s'agit, de faire *de son chef*, aux *Etats-*
» *Généraux*, un *Corps à part* d'avec le reste de la Prevôté
» de Paris. »

B

» & affemblée qui feraient faites par le Prevôt
» de Paris , defquelles ils *font* déclarés *exempts* ,
» enfemble de la jurifdiction & *connaiffance* dudit
» Prevôt de Paris , pour le regard de ladite *Con-*
» *vocation des Etats* , & fans que ledit Prevôt
» de Paris (auquel, à cette fin, nos Rois ont
» toujours bien voulu écrire) fe puiffe aucu-
» nement entremettre pour le fait defdits Etats
» en ce qui concernera la bonne Ville de Paris
» & fes Fauxbourgs. »

L A queftion eft donc , fous tous les ra-
ports, réglée & jugée *in terminis* , en faveur
de MM. les Prevôt des Marchands & Echevins. Toute Entreprife contre eux eft dépour-
vue de fondement ; & , fans doute, les lettres de convocation feront conçues de ma-
nière à prévenir toute incertitude , contefta-
tion & difficulté.

Q uE demande la Nation ? Une repréfentation
univerfelle, légale & libre. Qu'ont de commun avec elle ces vains débats fufcités par
des vues particulières , toujours rejettées &

profcrites ; lorfqu'elles ont troublé l'ordre établi ?

LES vrais Citoyens verraient avec peine l'attention générale diftraite des grands intérêts qui l'occupent, pour prendre quelque part au bruit importun de ces prétentions ftériles, de ces oifeufes difcuffions.

M. LE PREVÔT de Paris, M. le Lieutenant-Civil propofent, difent-ils, des voies de *conciliation*.

MAIS ces voies de conciliation confifteraient à trouver bon qu'ils fiffent de leur côté, une convocation des Habitans *de la Ville de Paris & des Fauxbourgs* (ce dont il leur eft expreffément ordonné de s'abftenir), pendant que les Prevôt des Marchands & Echevins feraient également la leur.

ON fent affez que toute propofition de ce genre eft inadmiffible. Pourquoi, fans néceffité, fans utilité, faire naître de l'incertitude,

provoquer des fciffions, fomenter & favo-
rifer l'efprit de parti, tandis que l'on peut,
que l'on doit conferver des régles juftes qui
ont claffé les droits de chacun ? Peut-on
raifonnablement abandonner l'ordre qui exifte,
pour arriver à la confufion qu'il faut éviter?
Comment répondre aux réclamations de la
Nation & des Etats - Généraux, fi la Ville de
Paris fe trouve avoir des repréfentans comme
Commune & corporation Municipale, &
enfuite comme faifant partie de la Prevôté &
Vicomté ? Cette double repréfentation rom-
prait l'équilibre général ; elle ferait vicieufe,
en ce qu'elle ne ferait plus dans la proportion
de l'égalité qu'on cherche à établir.

CE ne ferait donc pas même le cas
(comme M. le Lieutenant Civil femblait vouloir l'infinuer) de faire juger de nouveau ce
qui l'a été par l'Arrêt du Confeil de 1651.
C'eft même furabondamment que nous ob-
fervons que, dans l'ordre actuel de notre Ju-
rifprudence & des Jurifdictions du Royaume,

le Parlement ne juge pas les oppofitions aux Arrêts du Confeil. L'*Oppofition* dont il s'agit n'exifte pas. Il n'y a pas de trace dans une révolution de cent foixante-quinze ans, qu'on ait penfé férieufement à en faire, & à en fignifier une. D'ailleurs elle ferait aujourd'hui intempeftive; enfin, ce ferait au Roi à pefer dans fa fageffe ce qu'ont maintenu, réglé, confirmé tous fes auguftes Prédéceffeurs, & à prononcer.

MM. les Prevôt des Marchands & Eche-vins dépofitaires & garants de la confervation des Priviléges de la Ville de Paris, ne doivent entendre à aucun arrangement qui y porterait atteinte. Ils fe mettent avec confiance fous la protection du Roi; ils demandent que la rédaction des Lettres de Sa Majefté, pour la convocation, à expédier *tant à eux*, qu'au *Prevôt de Paris*, en ce qui le concerne, foit faite avec précifion; que celles adreffées au Prevôt de Paris exceptent de fa convocation les *Habitans de la Ville & des Fauxbourgs,* conformément à la teneur de toutes les Lettres du Roi, notamment de celles du 12 Septembre 1572, 9 Juin 1614, & 17 Mars 1651 ; que, dans celles à envoyer aux Prevôt des Marchands & Echevins, la confirmation des Priviléges de la bonne Ville de Paris, sur ce point, soit rappellée, s'il est nécessaire, de sorte qu'il ne puisse y avoir ni ambiguité, ni contestations, ni prétentions, lors de l'exécution des ordres de S. M. sur cet objet important. Ainsi leur tâche est remplie à cet égard.

CETTE circonstance nous conduit naturellement à examiner dès-à-présent l'apperçu des moyens par lesquels on pourrait parvenir, lorsqu'il en serait tems, à former avec ordre, sans inconvénient, sans difficulté, une Assemblée générale satisfaisante pour tous, par le caractère de son organisation, & par sa réalité.

LES Femmes, les Mineurs, les Manœuvres, les Gens en service, sans domicile, sans aveu, repris de Justice, ou sous le poids d'une interdiction civile, les Etrangers, ceux qui,

quoique domiciliés, ne font pas naturalifés ;
n'étant pas deftinés à être convoqués, la convocation ne doit - elle pas fe réduire aux
Citoyens de la claffe qui paye fix ou dix livres
de Capitation & au-deffus ? (1)

Les extraits des regiftres des rôles de Capitation fourniront, rue par rue, & conféquem-
ment pour chaque quartier , l'état numé-
rique & nominatif des Habitans à convoquer. (2)

---

(1) *Confultation imprimée , pag.* 25.

Quelque refpect que l'on veuille conferver pour les droits
de l'humanité en général, on eft obligé de reconnaître
qu'il eft une claffe d'hommes , qui par la nature de fon
éducation & le genre de travaux auxquels elle a été vouée
par fa misère, eft également dénuée d'idées & de volonté,
& incapable de concourir à une œuvre publique....

(2) Ce travail eft prêt , bien entendu que, pour toutes
les Compagnies de pourvûs d'Offices & de Charges, pour
tous les Corps & Communautés, &c. MM. les Quartiniers
auront recours aux Rôles & Liftes qu'on y tient. Mais il
était intéreffant qu'un relevé particulier fournît l'état nu-
mérique & nominatif de ceux qui ne font d'aucune corporation ; & c'eft ce travail qui eft fait.

L'ORDRE général étant arrivé à chaque Quartinier, en le faisant proclamer, suivant l'usage, on ajoutera que les Habitans de la claffe qui vient d'être défignée, pourront venir fe faire infcrire fur le regiftre du Quartinier, en leur qualité, dans le délai qui fera fixé; &, qu'à cet effet, ils feront tenus de juftifier de l'extrait du rôle de la Capitation, ou de l'avertiffement de la payer, &c. de leur majorité par leur extrait baptiftaire ou piéce équivalente, & enfin d'articuler leurs noms, qualités, états & domicile.

POUR éviter l'inconvénient du trop grand nombre raffemblé fur un feul point, chaque Quartinier, affifté de quatre Cinquanteniers & de dix Dixainiers, formera, dans chaque quartier, au moins cinq *fous-diftricts* & plus, s'il le faut.

EN retranchant les femmes, les filles, les enfans, les mineurs, les ferviteurs, les manœuvres, &c., on eftime que les individus ayant les qualités requifes pour vôter, ne formeront au plus que quarante à cinquante mille votans. Ainfi les affemblées de ces feize quartiers, fous-divifés chacun en *cinq Diftricts*, formeront quatre - vingts affemblées particulières, dont chacune fera compofée d'environ cinq ou fix-cents votans.

ON pourrait employer une Eglife pour chacune d'elles, comme le lieu le plus propre, par fa deftination ordinaire, à imprimer du filence & du refpect.

LE Quartinier, les Cinquanteniers, les Dixainiers feront les hommes de la loi, chargés de la communiquer, de la faire exécuter, & de maintenir l'ordre.

LE Quartinier donnera lecture de la Lettre du Roi, aux Prevôt des Marchands & Echevins ;

DU Mandement du Bureau de la Ville ;

DU Regiftre où auront été infcrits les noms des perfonnes compofantes l'Affemblée, & il en fera l'appel.

DANS le courant de cet appel, fi fommairement il y avait à ftatuer fur quelques motifs de récufation ou autres cas imprévus, ils feraient déférés à la décifion de trois ou cinq des principaux comparans réunis au Quartinier. Cette forme eft fimple & populaire.

L E fcrutin eft le feul moyen de prévenir la vénalité, la corruption ou la complaifance des fuffrages.

O N imprimera des Billets d'un format fuffant, dans lefquels il n'y aura à remplir que le nom de l'Electeur, & la fignature des Votans. Des plumes, des crayons, ou des écritoires de poche, quelques planches pour fervir de pupitre & d'appui aux fignants, en un mot un ordre fimple & facile, fuffiront au fuccès de cette opération. Le Votant portera lui-même fon billet dans la boîte fermante & deftinée à les recevoir.

L'OUVERTURE s'en fera avec toute l'authenticité poffible, en préfence de l'Affemblée.

Les noms seront portés, à mesure qu'ils seront lus, sur des feuilles avec la marque énumérative des voix données à chacun.

Suivant le nombre réglé pour chaque *District*, ceux qui auront réuni la pluralité des voix, seront proclamés Electeurs, & le Procès - verbal de l'Election sera signé du Quartinier, des Cinquanteniers, Dixainiers préfens, des trois ou cinq principaux Notables affiſtans, & des Elus.

On en enverra une expédition au Bureau de la Ville, qui en fera paſſer une copie au Secrétaire d'Etat du Département de Paris.

Ces Aſſemblées partielles, peu nombreuſes, réparties fur des points éloignés, à des jours différens, ne donneront lieu à aucun des inconvéniens dont on aurait pu concevoir de l'inquiétude.

Les détails de ce plan se perfectionneront encore par la réflexion,

ET D'APRÈS LES INSTRUCTIONS QUI SE-
RONT ADRESSÉES OU PROPOSÉES AU CORPS
DE VILLE.

CES vues font fondées fur les paroles de bonté
du Roi. Sa Majefté a dit : « C'eft avec la
» *Nation affemblée* que je concerterai les
» difpofitions propres à confolider pour tou-
» jours l'ordre public , & la profpérité de
» l'Etat. »

LE vœu du Roi exige donc que ce foit
la *Nation elle - même* qui foit convoquée de
fait , & que *fon Affemblée* foit compofée de
fes Repréfentans choifis librement. Aucun
fimulacre ne remplirait les intentions de S. M.
& ne pourrait convenir à leur exécution.

EN partant du caractère conftitutif & effen-
tiel de cette Commune immenfe , & des
principes confacrés par les Souverains , la
convocation des Habitans de Paris & de fes
Fauxbourgs n'admet point la divifion des Ordres, comme pour la Prevôté. Eccléfiaftiques,

Nobles, Plébéïens, tous font compris colle-
ctivement fous le titre de Bourgeois de Paris.
C'eft la feule qualité qui les conftitue Membres
de cette Commune, & qui leur en confère
le titre & les droits. Les diftinctions & les différences admifes dans les convocations de la
Prevôté, ainfi que des Sénéchauffées & des
Bailliages, difparaiffent ici, & fe confondent
en une feule & même claffe.

Avant d'être Jufticiable du Châtelet, le
Citoyen eft membre de la Commune. Ce
titre prime tous les autres. Il eft leur antécé-
dent. Que le Châtelet juge, fans trouble &
fans concurrence, les conteftations de fa com-
pétence ; qu'il reçoive le ferment de ceux qui
font admis aux Jurandes, ou pourvus de cer-
tains· Offices, il ne doit pas en inférer que
dans les objets qui tiennent à l'ordre préexiftent,
& qui font de l'effence de la corporation
municipale, il peut fe fubftituer à la Commune elle-même, à fes Repréfentans, à fes
Députés, à fes Magiftrats naturels, dans lefquels

réfide une plénitude, une légitimité de caractère au moins égal, & bien certainement
antérieur à celui dont il eft revêtu.

COMMENT concilier l'application de ces
principes, du droit qu'ont les Habitans de
Paris, de former *de leur chef aux Etats-Généraux, un Corps à part, d'avec le refte de la
Prevôté, d'être convoqués par les Prevôt des
Marchands & Echevins*; comment concilier
les réfultats de ces difpofitions particulières,
avec ceux des difpofitions générales qui leur
font étrangères ? On ne peut affocier l'iden-
tité & l'exception, les différences & l'unité,
dans des chofes qui font féparées par la néceffité d'un régime affigné à chacune d'elles,
précifément parce qu'il eft propre à leur
effence particulière.

Ah ! confervons ce précieux privilége ! efpe-
rons tout de l'influence qu'il peut avoir un
jour parmi nous. Si l'intérêt général devient
le ftimulant de tous ; (1) fi la Raifon éléve fa

---

(1) Et fur-tout fi le regret ne protefte pas fécretement

voix, & fait taire de vains uſages ; ſi , dans le choix des formes, la préférence s'accorde à l'utilité, comme à l'antiquité ; ſi la Nation veut adopter celles qui appartiennent à cette corporation municipale, ce ſera ſubſtituer à une diviſion nuiſible, une réunion heureuſe ; ce ſera faire ſuccéder l'eſprit public & national à l'eſprit iſolé de chaque Ordre, pour en former une ſeule famille. Sans altérer les honneurs & les rangs décernés à quelques-uns, ſans conteſter aux autres le droit naturel qui eſt pour tous, on peut reſſerrer les anneaux de la chaîne générale, tellement que toutes les dénominations de Clergé, de Nobleſſe, de Tiers-Etat, ſe confondent en celle de *Nation Françaiſe.* Nous le répétons avec tranſport, au milieu de cette Aſſemblée nationale où les Français ſe trouveront à la fois aux pieds du Trône & dans les bras d'un

---

contre le vœu de l'abolition des priviléges pécuniaires, déjà prononcé par pluſieurs Membres de la Nobleſſe & du Clergé, qu'une modération exemplaire, le patriotiſme, & l'opinion diſtinguent comme l'éclat du rang.

Père, également jaloux de conserver aux yeux de l'Univers le caractère qui les diftingua dans tous les tems, conftamment généreux, braves, animés d'un patriotifme éclairé & pur, d'un amour inaltérable pour nos Rois, ils voudront unanimement préferver la Nation de l'opprobre & du précipice, & *facrifier*, s'il le faut, *corps & biens*, pour une régénération complette.

OMBRES vénérables & tutélaires des Barbéte, des Miron, émules de vos généreux Ancêtres, & modèles de vos Succeffeurs, vous, dont la mémoire eft confacrée dans nos Annales, fi vous errez quelquefois parmi nous fous ces voutes antiques, jettez fur nous un regard favorable. Un jour impofant fe prépare ; obtenez qu'il foit profpère ! Voyez à notre tête un fidéle Obfervateur de vos principes, de vos vertus populaires ; fon cœur a parlé, qu'il foit encore l'organe de nos vœux ! Nous donnerons dans tous les tems à nos Rois des témoignages de la fidélité immuable

muable dont vos vies offrent l'exemple.
Montlhéry vous vit faire un rempart de vos
corps pour la sûreté de votre augufte Maître;
le nôtre, comme fes Ayeux, raffemblerait,
au premier fignal, fous le feul étendart de
fa bonne Ville, les Defcendants de ces Lé-
gions de Citoyens qui atteftèrent le dévouement de la perfonne & de la fortune de leurs
Chefs, & l'amour de fes Habitans. Unis indivifiblement à cette portion de la Nation, fi
forte, fi nombreufe, que l'autre ne peut être
apperçue que par fon éclat, ce double intérêt
fera conftamment le Régulateur de nos opinions & de notre conduite, comme il doit
l'être de toutes les Municipalités. C'eft aux
Plébeïens que les bras des Tribuns du Peuple
doivent être conftamment ouverts. L'hommage de la confidération, des égards eft dû
fans doute aux diftinctions, aux rangs, aux
honneurs mérités; mais le genou qui fléchit
devant la Divinité, profanerait le refpect, s'il
s'inclinait devant l'Idole. Le domaine de la
penfée eft libre, indépendant; il n'eft point

C

de chaînes, de complaifances, qui puiffent embarraffer de leur étreinte, des fuffrages dont la liberté eft commandée par l'importance des objets.

ECARTONS avec foin dès-à-préfent ce qui pourrait nuire au vœu général; détournons nos yeux du pénible afpect des maux qui fe font accumulés, pour nous occuper du choix des remédes les plus propres à les adoucir. Portons toutes nos vues, dirigeons tous nos efforts fur les moyens de réparer le paffé, de pourvoir au préfent, & de pofer des bâfes folides pour la profpérité de l'avenir. Vous defiriez une occafion, Meffieurs, de manifefter à vos concitoyens, vos intentions perfonnelles; cette circonftance fortifiera l'opinion que vous leur donnez fans relâche de votre application à maintenir leurs priviléges, de l'efprit de douceur & de paix que vous portez fur tous les objets & qui caractérife effentiellement la Magiftrature municipale.

NOUS requérons en conféquence, que,

dans une délibération générale, il soit fait mention de votre acquiescement à la détermination prise par M M. les Quartiniers, & des dispositions par lesquelles vous-vous proposez de concourir à la représentation la meilleure & la plus libre des habitans de la Ville de Paris, pour tout ce qui sera relatif à la convocation des Etats-Généraux, même de délibérer sur la question élevée dans la Consultation imprimée dont il s'agit : *S'il convient de vous abstenir de donner vos suffrages personnels, à moins que vous ne soyez nommés Electeurs par les Votans ; & ce,* pour rendre, s'il se peut, plus impartial & plus impassible encore, l'exercice de la présidence & de la police des Assemblées qui appartiennent aux Membres du Corps de Ville, chacun en ce qui les concerne. 2° De l'intention dans laquelle vous êtes d'opposer constamment vos titres & votre possession aux prétentions annoncées par M. le Prevôt de Paris, & de ne pas souffrir qu'il soit porté la plus légère atteinte à vos droits, vos priviléges, & à ceux des habitans de la Capitale, dont vous êtes les dépofitaires & les confer- vateurs.

Signé, E T H I S D E C O R N Y.

M. le Procureur du Roi ayant remis fur le Bureau, la Confultation imprimée, & les préfentes Réquifitions, M. le PREVÔT DES MARCHANDS a dit:

M E S S I E U R S,

» JE m'applaudis de préfider la première
» Municipalité du Royaume, dans des circon-
» ftances où fon dévouement refpectueux
» pour le Roi, & fon inviolable attachement
» au bien public, la mettent dans le cas de
» paroître avec cette énergie qui l'a toujours
» caractérifée; fes droits, ceux des Compa-
» gnies qui, réunies avec le Bureau, forment
» effentiellement la bâfe de cette Munici-
» palité, ceux enfin de la Commune en gé-

» néral, me feront toujours infiniment chers,
» & je les foutiendrai avec l'intérêt, le zèle
» & la fermeté de mes Prédéceffeurs : déjà,
» Meffieurs, on a cherché à y donner atteinte,
» on voudroit, *fans contefter au Corps Mu-*
» *nicipal le droit ancien, qui lui appartient,*
» *d'indiquer & de tenir l'Affemblée dans la-*
» *quelle nos Concitoyens doivent élire leurs*
» *Repréfentans aux Etats-Généraux,* que M.
» le Prevôt de Paris en convoquât une fem-
» blable, ce qui paroît abfolument contraire
» aux droits du Corps Municipal, & ne pou-
» voir être appuyé que fur la teneur de quel-
» ques lettres de convocation, dans la réda-
» ction defquelles il avoit pu y avoir de l'inat-
» tention & de l'erreur : j'ai cru néceffaire de
» faire remettre un Mémoire appuyé de pié-
» ces, fous les yeux du Roi; M. le Procureur
» du Roi & de la Ville s'eft livré à ce travail
» avec fon zèle ordinaire, & accompagné de
» M. le premier Echevin & de M. le Greffier,
» il a porté ce Mémoire, auffi clair que
» précis, au Miniftre de Paris. Nous avons

» tout lieu d'efpérer de la juftice connue de
» Sa Majefté, une décifion expreffe, fembla-
» ble à celle de fes auguftes Prédéceffeurs, qui
» confacrera un droit, dont l'exercice remonte
» à l'antiquité la plus reculée ; les intérêts du
» Corps Municipal, ceux des Compagnies me
» feront toujours perfonnels : vous avez pu
» voir dans le Difcours que j'ai eu l'honneur
» d'adreffer au Roi, à la clôture de l'Affem-
» blée des Notables, combien ceux des Ci-
» toyens de cette bonne Ville & de toutes
« les Villes du Royaume me font chers ; cette
» qualité, la première de toutes me fuffira
» toujours, Meffieurs, pour que tous vos
» droits deviennent les miens, &, appuyé de
» vos fuffrages, ils feront toujours facrés pour
» moi ».

APRÈS QUOI, la matière mife en délibération.

NOUS avons unanimement applaudi au
zèle de M. le Prevôt des Marchands, qui,
par une fage prévoyance, & de concert avec

le Bureau de la Ville, a autorifé auprès du Miniftre de premières démarches , dont le but
a été d'éclairer le Roi fur la légitimité de nos
droits , fur leur exiftence , plus ancienne que
celle même de la Monarchie, & parfaitement
intacte jufqu'à ce jour , malgré les vaines atta-
ques du Châtelet , & les prétentions toujours
renaiffantes du Prevôt de Paris.

UNE feule réflexion fuffit fans doute pour
leur imprimer le caractère de l'obftination la
moins raifonnable. Depuis la première époque
des affemblées nationales , il n'eft aucun exemple
de députation de la Ville de Paris aux Etats-
Généraux dont les Membres n'ayent été élus
dans les affemblées convoquées à l'Hôtel-de-
ville , en vertu des Lettres de cachet adreffées
par Sa Majefté aux Prevôt des Marchands
& Echevins , on ne craint pas de donner , fur
ce fait , le défi le plus formel de citer une
feule preuve du contraire ; & , fi quelquefois
le Prevôt de Paris, abufant de l'erreur com-
mife dans la rédaction de celles qui lui ont été

pareillement adreffées, a voulu s'en prévaloir pour s'arroger le droit de convoquer les Habitans de cette Capitale, il eft conftaté qu'alors l'exercice de cette prérogative, lui a été fur le champ interdit, & que le droit de convocation a toujours été confirmé en faveur du Corps Municipal. Au furplus, il n'eft aucun motif d'utilité générale ou particulière qui puiffe juftifier, fur ce point, l'innovation que le Prévôt de Paris follicite avec tant de perfévérance ; dira-t-on qu'il foit plus naturel de faire convoquer les Bourgeois d'une Ville par le Juge royal que par le Corps qui les repréente ?

CETTE affertion feroit infoutenable ; les Hôtels-de-Ville font les propriétés, les afyles, les chefs-lieu de la Commune, c'eft-là qu'elle vient fe rallier toutes les fois que fes intérêts exigent qu'elle fe faffe entendre par l'organe de fes Repréfentans ; ainfi l'objection eft fans force, & il n'eft point d'Habitant, jaloux de fes droits, dont le fentiment intime, déter-

miné par la nature de la chofe même, ne fe
foulève de l'injufte concurrence dont il s'agit.

ON dira peut-être encore que la prérogative
dont nous jouiffons, eft une exception à la
règle générale, & que le meilleur ordre
poffible n'en admet aucune, mais on répond
que dans la circonftance actuelle où la bienfai-
fance du Monarque fe manifefte par le defir
des formes les plus conftitutionnelles; le meilleur ordre fans doute, feroit de confier dans
toutes les Villes, le foin d'en convoquer les
Habitans, aux différentes municipalités du
Royaume; peut-on attribuer en effet ce droit
de convocation, à un Corps plus naturellement
indiqué pour l'exercer, que celui, qui en
toute occafion préfide & repréfente la Commune, & qui d'ailleurs mérite d'autant plus
fa confiance, que les Officiers qui le compofent, font néceffairement de fon choix; mais
ce n'eft point à nous d'infifter fur cette innovation, c'eft la feule néceffité d'une jufte défenfe
qui nons en fait ici preffentir la juftice & le

befoin ; nous difons feulement , qu'en fuppo-
fant même que par rapport à toutes les villes
du Royaume , l'ordre des chofes dût être,
à cet égard, toujours le même , le droit d'exception dont là Ville de Paris n'a jamais ceffé
de jouir , n'en feroit pas moins inattaquable ;
cette vérité eft démontrée dans le Réquifitoire
du Procureur du Roi & de la Ville , avec une
force qui ne fait pas moins l'éloge de fon zèle
que de fes talents ; & nous n'héfiterions pas
à prendre une délibération conforme à toutes
les difpofitions dudit Requifitoire , fi quelques-
unes ne nous avaient paru , comme il le dit
lui-même , *fufceptibles d'être encore perfection-
nées par la réflexion* , & devoir être foumifes
à un examen plus approfondi.

C'EST d'après cette confidération que nous-
nous bornons dans cette Séance à déclarer:
1° Que nous voyons avec fatisfaction la détermination de MM. les Quartiniers, & que nous
l'approuvons telle qu'elle eft énoncée audit
Réquifitoire ; qu'en conféquence, ils feront

remettre au Greffe de la Ville une expédition de la délibération par eux prise à cet effet, laquelle demeurera annexée à la minute des préfentes.

2.° Q u e, loin d'adhérer aux prétentions de M. le Prevôt de Paris , & à toutes les démarches & tentatives faites ou à faire pour porter atteinte à nos droits indivifibles de ceux de la Commune ; nous ne négligerons rien au contraire pour obtenir de la Juſtice & des bontés du Roi , qu'ils nous foyent confervés dans toute leur intégrité , & au même état qu'ils fe trouvent exprimés par les Lettres du Roi , du 8 Octobre 1560 , du 30 du même mois , du 12 Septembre 1576 , 9 Juin 1614 , 17 Mai 1651 , & enfin, par l'Arrêt du Confeil du 4 Septembre de la même année.

Et quant aux autres difpofitions inferées audit Réquifitoire ; avons arrêté , qu'il fera préfentement nommé fix Commiffaires, dont deux feront choifis dans le nombre des Confeillers de Cours fouveraines, deux parmi les Confeillers - bourgeois, & les deux autres, parmi les Quartiniers, pour, conjointement avec le Bureau de la Ville, les examiner avec toute l'attention qu'elles méritent, & fur le rapport qui en fera fait dans une Affemblée générale & compofée comme celle de ce jour, être enfuite pris telle délibération qui fera jugée la plus convenable.

FAIT & arrêté à l'Hôtel de Ville, les jour, mois & an que deffus.

Signé, VEYTARD.

M. DCC. LXXXIX.